순애

모두가 힘들었던 그 시절, 1930년생 그녀의 이야기

순애

모두가 힘들었던 그 시절
30년생 그녀의 이야기

전 순 애 글   최 혜 정 엮 음

1930년생 그녀의 이야기

나의 어머니는 실향민이셨습니다.

6.25 전쟁 중에 이북에서 부산까지 피난을 내려
오셨고, 야간 학교에서 선생님을 하시다 아버지
를 만나셨습니다. 황해도가 고향인 어머니는 어
린 나에게도 종종 푸르른 고향 바다와 너른 과수
원 이야기를 해주셨습니다. 그리움 때문이었겠
지요.

평양이 고향인 아버지는 전쟁 중에 군인으로 총

을 들어야 했던 고통스러운 시간에 대해 자주 이야기하셨습니다. 전쟁이 끝난 후 결혼을 하고, 가정을 꾸리고, 세대를 넘어 손자 손녀들이 태어날 만큼 긴 시간이 흘렀지만, 아버지는 세상을 떠나시기 전 마지막 순간에도 전쟁터 꿈을 꾸었다고 하셨습니다. 전쟁의 상흔은 오랜 시간 쌓아온 행복으로도 지울 수 없을 만큼 깊은 상처였나 봅니다.

한국사의 아픔이 숨 가쁘게 몰아치던 시절, 개인의 삶은 국가의 운명에 휘둘릴 수밖에 없었습니다. 일제강점기, 해방, 한국전쟁……. 어느 것 하나 평범하지 않은 시간을 살아오신 부모님의 삶은 순간순간이 살아있는 역사 교과서가 되었습니다.

모두가 가슴 아프고, 모두가 힘들었던 그 시절 이야기를 나의 어머니의 목소리로 여기에 담아냅니다. 흐려진 기억 속에서 꺼낸 어머니의 이야기는 그 시절을 생생하게 묘사한 소설이나 영화에

비할 것이 못 됩니다. 범박하고 허술합니다. 하지만 그 덕분에 거대한 역사의 흐름 속에서 도외시 되었던 한 개인의 진솔하고 꾸밈없는 삶의 이야기를 귓전에서 듣는 듯합니다. 너무 멀리 흘러가버린 세월에도 불구하고 어머니의 기억 속에 또렷이 남아있던 이야기들은 어머니에게는 평생에 한순간도 잊지 못할 이야기였을 것입니다. 이제 그 이야기가 다음 세대인 우리에게는 잊어서는 안 되는 이야기가 되었습니다.

우리는 압니다. 지난한 역사의 흐름 속에 담긴 평범한 한 사람의 이러저러한 삶은 작고 보잘것없어 보이지만, 동시대를 함께 견딘 또 다른 작은 삶들과 모여 시대가 만들어지고 역사가 만들어진다는 것을요. 하여 나의 어머니의 이야기는 오늘의 우리를 있게 한 우리 모두의 어머니 이야기이며 아픔의 시대를 살며 이 땅을 지켜온 고마운 세대의 이야기입니다.

여기 담은 글이 나의 어머니와 나의 어머니의 시

대를 함께 살아온 분들께 감사의 마음을 올리는 글이 되었으면 좋겠습니다. 일제강점기도, 전쟁도 모르는 나중 세대들에게는 나의 어머니, 나의 할머니가 견뎌온 치열한 시간이 이 땅의 거름이 되어 지금의 우리가 있음을 공감하게 되는 글이 되었으면 좋겠습니다.

붓글씨 쓰기를 좋아하시던 아버지는 '사랑 애' 자를 제일 잘 쓰신다고 입버릇처럼 말씀하셨습니다. 어머니 덕분에 정말 많이 연습 하셨다고요. 나도 어머니의 이름을 그대로 써봅니다. 순할 순 (順)자에 사랑 애(愛)자. 순애, 나의 어머니 순애.

이 책의 1부는 스프링 노트에 일곱 쪽 남짓 남겨 놓으신 어머니의 글입니다. 생의 마지막 순간에 흐려져 가는 기억을 붙잡아 담담하게 그 시절 이야기를 풀어 놓으셨습니다. 그런데 어머니의 삶의 기록은 결혼이 시작되는 순간에 갑자기 멈춰버렸습니다. 아마도 어머니에게 오롯이 어머니

자신이었던 순간들은 그때까지였나 봅니다. 그리곤 오직 어머니, 어머니였겠지요.

이 책의 2부에는 어머니에 대한 남은 가족들의 기억을 담았습니다. 어머니의 자매들, 아들, 딸, 그리고 손자 손녀들, 어머니가 남기신 사람들에게 어머니가 얼마나 소중한 사람이었는지를 되돌아보았습니다. 지극히 사적인 나의 어머니 이야기를 보시며 지극히 사적인 각자의 어머니 이야기를 떠올리시면 좋겠습니다.

마지막 3부에는 어머니가 요양병원에 입원해 계시던 마지막 시간동안 옆에서 간호했던 언니와 오빠의 간병일기를 모아 놓았습니다.

이야기의 마지막장에는 어머니가 쓰신글과 저의 어린시절 가족의 모습을 사진으로 담아놓기도 했습니다. 보시면 이야기가 좀 더 생생해지리라 생각됩니다.

나의 어머니는 1930년생 '순애'(順愛) 이십니다.
그래서 여기에 담은 이야기는 가장 아프고, 가장
힘들었던 우리 땅의 이야기이며 누가 뭐래도 가
장 아름다운 우리 모두의 어머니 이야기입니다.

이제 출발합니다. 어머니의 목소리를 다시 들으
러요.

2020. 5. 8
막내딸 혜정

차례

1부

남
기
다

고향: 황해도 송화군 진풍면 내안리 675번지
생일: 1930년 8월 5일
이름: 전 순 애

햇살이 뜨겁고 긴 하루해를 보내며 생각에 잠겼다.
내 나이 이제 백에서 열둘을 뺀 88세다.
자녀들이 엄마의 세월을 듣고 싶다고 해서 글을 쓴다.
요즘은 먹고 자고 책보는 일밖에
하는 일이 없다.
의식주는 자녀들이 해결해주고 나라의 정책이 좋아져서 생활 일체는 간병인의 도움으로 해결된다.
좋은 세상이다.

머리가 둔해졌다.
어디서부터 써야 할지 생각도 안 난다.

어린 시절

나는 1930년 음력 8월 5일생이다.

내가 태어난 곳은 산야와 바다가 평화롭게 펼쳐
져있는 조용한 마을이었다. 마을마다 전씨, 여씨,
김씨, 박씨가 모여 사는 조용한 마을들이었다.

우리 집안은 증조부와 조부모가 함께 사는 대가
족이었고, 염전, 누에, 과수원 등 여러 가지 일을
하는 부농 집안이었다. 삼 형제인 할아버지 집은

모두 기와집으로 위, 아래 동네에서 같이 잘 살았다. 그리고 일찍이 기독교를 받아들여 온 가족이 믿음 생활을 하는 평안한 가정이었다.

할아버지는 깊은 신앙과 지혜가 있으셨고 부지런하기도 하셔서 바닷가 옆에 염전을 손수 만드셨고 집 앞 과수원에는 갖가지 과일이 주렁주렁 열려있었다. 할머니는 주일학교[1) 선생님이셨다.

증조모는 신앙심이 깊고 호랑이 할머니라는 별명이 있을 정도로 고지식하시고 성격이 대쪽 같고, 대담하셨다. 교회에 갈 때면 당고개라는 산을 넘어가야 하는데 밤에도 혼자 찬송을 크게 부르시면서 교회에 가시곤 했다. 통도 크셔서 교회 헌금은 쌀을 가마니로 내시고 교회 분이 오실 때는 닭도 열 마리씩 잡아 닭국을 대접하셨다. 교회에서 사경회[2)를 하면 마당에 천막을 치고 온마을과 교인의 의식주를 일주일씩 해결해주곤 하셨다. 그럴 때마다 마을 사람들은 모두 잔치 같은 시간을 보냈다.

---

1) 교회에서 어린이를 대상으로 예배와 찬양, 성경 공부 등을 하는 부서 활동
2) 부흥회 특별한 기간을 정해 교인들이 성경 공부를 하고, 기도를 하기 위해 모이는 모임

하지만 도시 생활을 하다 시집온 어머니는 너무
힘들어하셨다.

나의 어머니

아버지는 부농의 외동아들로 자유로운 생활을 했
다. 어머니는 도시에서 외동딸로 태어나 황해도
에서 서울 정신여중에 유학을 할 정도로 신여성
이셨다. 외할아버지는 건축설계사, 외삼촌은 내
과 의사로 유복한 삶을 살았다. 믿음이 독실한 외
할아버지는 믿음 하나만 보고 어머니를 시골로
시집 보냈다.

나중에 알게 된 사실이지만 어머니가 사랑한 사람은 사실 외삼촌의 친구였다고 했다. 하지만 정신여중을 중퇴하고 믿음을 따라 농촌으로 출가할 수밖에 없었다고 하셨다. 농촌 생활을 전혀 몰랐던 어머니에게는 너무나도 힘든 생활이었다.

아버지의 방탕한 생활과 힘든 농촌 생활로 인한 고통으로 어머니는 몇 번이나 자살 시도도 했었단다. 시집살이가 너무 견디기 힘들어 속병도 생겼다. 가슴앓이라고 부르던 병인데, 그 병이 발작되면 몇 시간씩 식물인간이 되곤 하셨다. 별다른 치료법도 없고, 어머니의 고통이 나날이 심해지자 외삼촌은 어머니에게 고통을 줄이는 아편을 주셨다. 고통이 심할 때 조금씩 떼어먹으라고 하셨다. 어머니는 그렇게 의사인 외삼촌의 보살핌 덕분에 생을 이어가셨다.

어머니는 아들 둘, 딸 넷을 낳았다. 나는 첫째 딸이었고, 둘째인 아들과 셋째인 딸은 어린 나이에

하늘나라로 보냈다. 그 다음 동생은 남동생 풍수
이고, 그 아래로 여동생 경애와 은애를 더 낳으셨
다. 어머니는 눈물로 세월을 살았다.

아버지는 가을철만 되면 수확한 과일과 많은 돈
을 들고 나가 허비하며 북경과 만주 땅을 몇 달씩
돌아다니다 돌아오셨다. 어머니의 속병이 발작되
면 나는 남동생 하나, 여동생 둘을 돌보며 참 많
이도 울었다.

붉은 어깨띠

일제 말기에 생활은 정말 어렵고 힘들었다.

소학교[3]에서 우리말을 쓰면 감시원이 와서 붉은 '어깨띠'를 주었다. 붉은 어깨띠를 매고 있으면 일본 순사[4]처럼 칼을 차고 있는 선생님에게 매를 맞거나 무섭게 혼이났다.

이름과 성도 바꾸어야 했다. 내 이름은 '호시야마 도요꼬(星山豊子)'. 할아버지께서는 성이라도 남

---

3) 해방 직전에 국민학교로 이름이 바뀐다. 지금의 초등학교
4) 일제강점기에 경찰관 중 가장 낮은 계급

거야 한다고 전씨의 본고향 성주의 '성(星)'을 이름에 넣으셨다. 해방 후에 나는 순애라는 이름을 찾았지만, 남동생은 일제 시대 이름 '호시야마 도요히데(星山豊秀)'를 바꾸지 못해 그대로 '풍수'라는 이름을 썼다. 그때는 그런 사람이 많았다. 그래서 그 시대 사람들의 이름은 다 비슷하기도 하고 좀 이상하기도 하다.

일제의 횡포

일제말기에는 또 18세 이상 처녀들을 정신대로 뽑아갔다. 출가했거나 학생은 제외였다. 한 살 위인 고모는 정신대에 끌려가지 않기 위해 어린 나이에 시집을 갔다. 나는 집을 떠나 다른 도시로 유학을 갔다. 학교는 갔지만 공부는 제대로 할 수 없었다.

조선인이 다니는 학교는 모두 이름뿐이라 공부는 거의 하지 않았고 농사일에 투입됐다. 일본인들이 다니는 학교와는 딴판이었다. 전쟁에 미친 일제의 횡포 때문에 가난한 우리 국민들은 살기가 점점 어려워지고 있었다.

일본은 젊은이들을 전쟁터로 많이 끌고 가기도 했다. 전쟁에 참여하는 일이 영광스러운 일이라고 사람들을 독려했다. 하지만 일본이 망할 거라는 소문이 계속 들려왔다. 어수선한 분위기 속에서 사람들은 쉬쉬하면서도 전쟁 이야기에 귀를 기울였다. 그러던 어느 날 일본이 미국에 항복해서 해방이 되었다는 소식이 들렸다. 온 국민이 거리로 쏟아져 나와 만세를 불렀다. 해방이 되었으니 나는 드디어 집으로 돌아갈 수 있었다.

공산군

고향에 돌아와 쉬는 동안 빨갱이 공산군이 들어
왔다.
해방이 되었다고 그렇게 좋아했는데 빨갱이들의
횡포에 교회도 마음 놓고 다닐 수 없게 되었다.
교회에 다닌다고 매주 수요일마다 독서회에 나가
서 비판을 받았다. 갈수록 박해가 심해져 집에 있
을 수도 없었다. 철없던 시절이라 또래 친구 세

명과 월남한다고 개성까지 갔다가 돌아오기도 했다. 남한에는 미군이 들어와 종교의 자유가 있다고 해서다. 어떤 때는 반공운동을 한답시고 공산군의 눈을 피해 과수원 지하 과일 창고에서 철없이 별의별 계획을 세우며 빨갱이를 몰아내는 꿈도 꾸었다.

견디다 못해 나는 어머니의 권유로 진남포[5]에 있는 종교 계통 학교로 갔다. 그곳은 그나마 종교의 자유가 있었다. 학교생활은 너무나 행복했고 즐거웠다. 하지만 먹고 살기 어려운 것은 마찬가지였다. 기숙사에서 먹는 거라곤 보리죽, 밀죽, 간장이 다였다. 그래도 믿음의 자유를 얻고 사는 생활이라 즐거웠다. 노어[6]시간에는 빨갱이 선생이 밉다고 수업은 듣지도 않고 고무줄뛰기를 하러 나갔다. 20살이 다 되어 가던 때였는데 지금 생각하니 참 철도 없었다. 그때 노어나 열심히 배워둘 걸 하는 후회가 된다.

---

5) 북한 대동강 하류 연안에 있으며 북쪽은 평안남도, 남쪽은 대동강을 경계로 황해도와 접하고 있다.
6) 러시아어. 이미 김일성이 세력을 형성한 이북에서는 학교에서 사회주의 국가인 러시아어를 가르쳤다.

막내 할아버지네 장남은 공부를 잘해 김일성대학
에 들어갔다. 둘째 할아버지네 장남은 빨치산에
입당한 일로 나중에 치안대(국군)에 잡혀 들어가
죽었다. 식구들까지 새끼줄에 줄줄이 엮어서 총
살을 시켰다. 나중에 이야기를 들었는데 사형장
에 가면서도 찬송을 부르며 가셨다고 했다.

1950년 6월 25일

어느 주일이었다.

예배 중에 폭격 소리가 나자 모두 공산군에게 해방이 되었다고 기뻐하며 뛰었다. 1950년 6월 25일이었다. 이북과 이남이 전쟁이 난 것이다. 나는 휴교로 인해 고향으로 돌아갔다.

하지만 고향은 여전히 공산군 치하였기 때문에 고향 가는 길도 힘들었다. 고향에 가려면 강을 건

너야 했는데 종교 학교 학생이라고 공책 하나하나까지 모두 조사했다. 집으로 가는 길목마다 보위부원[7]들이 공민증 검사를 했다. 내가 다닌 학교가 종교 계통의 학교라는 것을 알고 갖은 질문을 했다. 학교를 그만두고 교사를 하라고도 권했다.

---

7) 보위부는 지금은 북한의 최고 정보수사조직인 비밀경찰기구이나 과거 공산정권이 서기 전에는 공산당조직의 중심이 되는 조직이었다.

숙박계

집에 돌아와 보니 집집마다 숙박계[8]를 쓰게 하
고 있었다. 매일매일 숙박계 조사를 하며 사람들
을 감시했다. 견디다 못해 나는 다시 학교로 돌아
갔다. 학교에 가서 낮에는 폭격을 피해 방공호에
서 살았다. 미군의 폭격이 한 번 지나가고 난 후
밖으로 나가보면 곳곳에 중요한 건물이 불바다였
다.

---

8) 각 가정을 감시하기 위한 매일의 호구조사

의식주를 해결할 수 없어 다시 친구와 함께 고향으로 돌아갔다. 고향에 돌아가 보니 친구의 가족은 모두 보위부원에게 끌려갔다고 했다. 친구는 부모와 형제를 한꺼번에 잃었다.

집에 도착하니 바로 숙박계를 제출하라고 하였다. 종교 학교 학생이었던 우리에 대한 조사가 심해져서 어머니는 친구들과 내가 집에 없다고 하고 숨겨주었다. 친구와 셋이서 낮에는 장롱을 앞으로 당기고 뒤에서 보내고 밤에는 과수원 골목 밭고랑에서 밤을 새우며 며칠을 보냈다. 몰래 밥을 챙겨주러 오시는 어머니의 낙엽 밟는 소리에 소스라치게 놀라곤 했다.

초도

보위부원의 감시는 무서웠다.

어느 날 갑자기 공산군이 남녀 청년을 잡아간다
는 소식을 누군가 알려주었다. 그래서 동네 청년
30여 명과 함께 나룻배 두 척으로 밤에 '초도[9]'라
는 섬으로 향했다. 일주일만 피해 있으면 된다고
해서 모두 급하게 피하기로 했다. 그때 내가 손에
가진 거라고는 작은 성경책 하나, 성가곡집 하나,

---

9) 초도는 황해도 송화군 풍해면에 속하는 섬으로 황해도 3대 도서 중 하나다. 한국전쟁 당시 맥아
더 장군의 인천상륙작전 이후 미군 해병대가 주둔한 곳이다.

가족사진 한 장이 전부였다.

한밤중에 배가 초도를 향해 가던 중 풍랑을 만나 배 한 척이 부서졌다. 두 배에 탔던 사람들이 모두 한배에 옮겨 타서 가게 되었다. 작은 배에 사람이 가득 차서 아슬아슬 모두 물에 빠져 죽을 것 같았다. 배가 얼른 섬에 도착하기만 기도하고 있었다. 배가 겨우 섬에 다다랐을 때 모두 정신이 없었다. 온몸에 물을 뒤집어쓰고 구사일생으로 살아 도착했다.

섬의 한 가정에서 큰 방을 주셔서 며칠을 보냈다. 그 후 육지 소식을 들었다. 공산군이 모든 가정을 점령하고 총살을 서슴지 않는다고 했다. 위험을 피해 먼저 어머니와 동생 셋이 섬에 들어왔다. 공산군을 견디다 못해 방공호에 숨어있던 고모와 고모의 어린 아들, 할아버지가 그들에게 발각되었다. 고모는 달아나다 총을 맞아 죽게 되고 할아버지는 부상당한 세 살배기 손자를 안고 배에 탔다. 하지만 아기는 도중에 죽고 말았단다. 할아버지는 통곡하며 죽은 손자를 바다에 던지고 피투성이가 된 옷을 입은 채 초도에 도착하셨다. 할아버지의 모습은 넋이 나간 모습이었다. 할머니는 집을 지킨다고 남으셨단다. 나중에 소식을 들었는데 땅을 지키려고 남았던 할머니는 공산군에게 쫓겨나 이주를 당했다고 했다.

초도에 피해 있는 시간이 길어지자 먹고 살기가 어려워졌다. 밤중에 배를 타고 고향에 몰래 들어가 쌀을 가져와 의식주를 해결했다. 피난민들이 많아서 열병이 퍼졌다. 많은 희생자가 생겼다.

초도섬에 식구들이 모이자 기거할 집이 필요했다. 다행히 고향 집에 해산물을 팔러 오시던 분이 집을 내어주어 여러 가정이 함께 살게 되었다. 얼마 동안은 평안한 삶이 이어졌다. 어려운 중에도 교회 청년들이 합창단을 조직하여 위문 공연도 하며 평안한 생활을 할 수 있었다.

아구리 배

얼마 후에 공산군이 섬을 공격하여 들어온다는 소식이 들려왔다. 다행히 남한에서 큰 아구리배[10]를 보내주어 모든 피난민을 실었다. 커다란 배에 피난민이 꽉꽉 들이찼다. 바다 중간에서 배가 암초를 들이받았다. 그 바람에 배가 고장이 나서 사람들과 짐을 싣고 내리는 큰 문이 닫히고 말았다. 그 배는 연탄을 나르는 배였기 때문에 모든 피난

---

10) 짐을 싣기 위해 배의 뒷부분이 열리는 화물선. 아구리는 입을 속되게 표현하는 아가리의 북한 어다.

민이 연탄 가루를 뒤집어썼다. 사람이 아닌 모습
이었다. 그 모습으로 군산이라는 도시에 도착했
다.

군산 피난살이

군산에 도착했지만 아구리배 문이 열리지 않으니 그물을 배에 걸쳐내려 그것을 타고 내리라고 했다. 피난민들은 시커먼 재를 뒤집어쓴 모습으로 목숨을 걸고 그물에 매달렸다. 그 모습이 멀리서 보면 시커먼 벌레 같았을 것이다.

피난민이 내리자마자 미군들이 달려와 온몸에 DDT소독약을 뿌렸다. 연탄 가루에 흰 약 가루까지 뒤집어쓴 피난민들은 사람도 원숭이도 아닌 이상한 동물 같았다.

미군들이 배에서 내린 피난민들을 모두 줄 세우고 몸수색을 했다. 어머니는 신병 치료를 위해 아편을 밤알만큼 가지고 계셨다. 미군들이 그 약을 보고 수상하게 여겨 조사하려고 했다. 병을 치료하기 위한 약이라고 빌어서 겨우 통과할 수 있었다.

우리는 근처 초등학교를 빌려 피난살이를 시작했다. 다행히 종교인 재직[11]은 특별대우로 선교사님들이 쓰는 훌륭한 건물로 이사할 수 있었다. 식량은 배급으로 연명하며 살았다. 방은 큰 홀 하나에 구석구석을 모조리 차지하고 생활하며 살았다.

교회 생활은 재미있었다. 하나님의 사랑에 감사했다.

식량은 배급으로는 부족하여 근처에 있는 공장에 출근하며 의식주를 해결했다. 나는 친구와 함께

---

11) 교회에서 집사, 권사, 장로 등의 직분을 가지고 봉사를 하는 사람

성냥공장에 취직했다. 어머니는 돌을 캐는 일을 하셨다. 퇴근할 때 나물을 뜯어 오시면 쌀을 조금 넣고 죽을 쒀서 온 가족이 먹었다.

할아버지는 고향에서 술도 안 하시고 건강하셨는데 피난살이를 하시며 너무 못 잡수셔서 영양실조에 걸려 쓰러지셨다. 쓰러진 할아버지가 더는 못 움직이시고 대소변도 못 가리시게 되자 함께 사는 피난민들이 냄새도 나고 병이 옮을 수 있다고 방에서 나가라고 했다. 할아버지는 병이 든 채 천막으로 쫓겨나셨다. 힘이 없어 움직이지도 못하시는 할아버지가 고기가 너무 먹고 싶다고 하시자 돈은 없고 어찌할 바를 모르던 어머니가 길에서 고양이를 잡아 잡수시게 드렸다.

부산으로

그 와중에 나는 공부를 해야겠다고 생각했고 어머니께 말씀을 드리고 군산을 떠나 맨손으로 부산으로 왔다. 지금 생각하면 그때 나는 참 모질었다. 공부가 뭐라고 어머니와 동생들을 버리고 나 혼자만 부산으로 왔다니… 왜 그랬는지 모르겠다. 그래도 어머니는 용기를 주며 나를 보내주셨다. 어머니 덕분에 피난민들을 실어 가는 배를 먼

저 타고 부산으로 갈 수 있었다.

부산에 도착하자마자 수소문 끝에 가까운 친구 집을 찾았다. 덕분에 의식주는 해결할 수 있었다.

나는 부산에서 하나님의 도우심으로 신학교에 입학했다. 학교에서 기숙사라고 하면서 보수동 산비탈 애린원[12] 옆에 이층판자 집을 주었다. 기숙사에서 살 수 있어 주거는 해결했지만 먹고 사는 문제 때문에 무슨 일이든 해야 했다. 친구는 도시 생활을 했기 때문에 장사를 잘했다. 볼펜, 학용품, 양말을 받아다 장사를 했다. 하지만 나는 시골 출신이라 장사를 못 했다.

하루는 장사를 하려고 찐빵을 한 통 사 와서 보따리에 싸 종일 머리에 이고 다녔다. 그런데 하나도 못 팔았다. "찐빵 사세요." 그 말 한마디를 못 해서 하루 종일 머리에 이고만 있었다.

쌀은 없고 찐빵은 팔지도 못해서 친구와 찐빵을

---

12) 당시 전쟁고아들을 모아 보살폈던 부산의 고아원

먹기로 했다. 솥에 물을 붓고 찐빵을 푹 삶았다.
죽이 되어버렸다. 친구와 허리를 잡고 깔깔깔 참
많이도 웃었다.

재회

다시 직장을 얻었다. 제본소였다.

낮에는 회사, 밤에는 학교, 그래도 생활은 즐거웠다.

모든 것이 하나님의 사랑이었다.

얼마간 시간이 지났을 때 군산에서 여동생 둘이 내려왔다. 동생들을 만나 반가웠지만, 생활은 막막했다. 기숙사 생활을 할 수 없었기 때문이다.

친구는 조부와 엄마를 만나 기숙사를 떠났다.

나는 고향 사람의 도움을 받아 산동네 구석 방 하나를 얻어 동생들과 생활했다. 얼마 후 남동생과 어머니도 부산에 왔다.

아버지는 행방불명이었다. 할아버지는 군산에서 영양실조로 앓다가 돌아가셨다고 했다. 어머니는 돌아가신 할아버지의 시신을 혼자 산으로 힘들게 끌고 가서 맨손으로 흙을 다 파서 묻으시고 나무 십자가를 꽂고 가슴을 치며 우셨단다. 그때 어머니를 따라갔던 막내는 아직도 그 얘기를 하면 펑펑 운다. 가녀리고 작은 어머니가 땀으로 범벅이 되어 축 늘어진 할아버지의 시신을 끌고 가서 홀로 장례를 치르는 모습이 너무 불쌍해 보였단다.

부산에 온 어머니와 동생들, 나는 오갈 데 없는 가족들을 위해 대청동 산비탈을 헤매다가 우연히 좋은 친척을 만나 판잣집을 지을 수 있었다. 덕분에 편히 누울 수 있는 집이 생겼다. 어려울 때마다 신기하게 돕는 사람을 만나게 되니 하나님의 은혜였다.

나는 가족과 함께 살기 위해서 낮에는 일하고 밤에는 공부했다. 그리고 가족의 생계와 동생들의 앞날을 생각해서 2년간의 신학교 생활을 끝내고 보육대학을 택했다.

 어머니와 큰 동생과 나는 할 수 있는 일은 무엇이든지 하며 생계를 이었다. 어머니는 사탕 공장에 다니셨고 온 가족이 봉투 붙이는 일도 했다. 고된 생활 끝에 나는 3년의 보육대학을 졸업했다. 동생은 유치원 조보모를 하고 나는 신학교 시절 알게 된 사람의 작은 교회에 보모로 취직하게 되었다. 그 후에 하나님의 축복으로 나는 영주동에 있는 사립 유치원 보모가 되었다. 하지만 생활은 여전히 힘들었다. 나는 교회에서 운영하는 초등학교 야간 교사도 맡았다. 동생들 공부를 시켜야 하니 우선 동생 세 명을 그 야간 학교로 보냈다.

그 시절에는 뜨개질이 많이 유행했다. 삯뜨개질한 것을 새벽에 갖다 주고 낮에는 유치원, 밤에는 야간 학교 교사로 열심히 뛰었다. 생활이 조금 나아져서 동생 셋은 영주동 정식 국민학교에 보내게 되었다. 지금의 봉래초등학교였다. 하나님의 축복 속에 모든 생활을 편히 할 수 있게 되었다. 남동생과 큰 여동생은 고등학교를 졸업하고 직장에 다니게 되었다. 막내 여동생은 고등학교 졸업 후 1966년 8월, 18세에 스웨덴으로 유학을 갔다.

나는 야간 학교 교사를 하며 남편을 만났다. 지금은 1남 2녀 모두 잘살고 있다.

"엄마, 왜 그다음 이야기는 없어?"
"……"

"우리 남매 낳고 키우던 이야기는 왜 안 쓰는 거
야?"
"아이고 그 이야기를 뭐하러 쓰냐. 재미도 없어."
"왜? 엄마는 우리 키우면서 행복하지 않았어?"
"행복했지. 그런데 남들도 다 그렇게 사는데 뭘.
재미없어."

2부

기억하다

화분에 제라늄이 빨갛게 피었습니다.
아주 동그랗게 예쁘게 피었습니다.
화분을 볼 때마다 고운 울 엄마를 생각합니다.
꽃을 좋아해서
꽃같이 예쁜 마음 가지셨던
꽃같이 고운 미소 가지셨던
울 엄마.
내 속상함, 내 걱정, 내 자랑,
모두 들어주시던 울 엄마.
엄마가 그리워
자꾸 슬프고 눈물이 납니다.

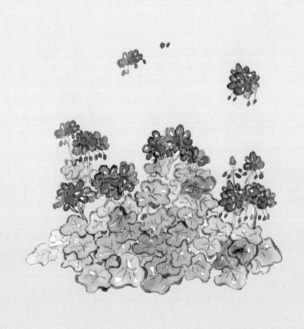

나의 언니 순애

2019년 7월 26일, 언니는 90세에 큰딸 혜영이 옆에서 눈을 감고 하나님 곁으로 가셨다. 언니는 내가 병원에 찾아갈 때마다 얼른 하늘나라로 가면 좋겠다고 말씀을 하셨다.

"어머니도 남편도 남동생도 모두 일흔아홉에 하늘나라 갔는데 내가 제일 많이 살았다야. 아이고,

왜 안 죽냐."

볼 때마다 언니는 이렇게 말을 했지만 나는 언니가 떠나실까 봐 항상 두려웠다. 이렇게 해야 건강하다, 저렇게 해야 몸에 좋다, 잔소리도 참 많이 했는데 언니가 내 말을 잘 듣지 않는 것 같아 속상한 적도 많았다.

언니는 처녀 때부터 장녀 노릇을 톡톡히 해낸 효녀였다. 피난 나와 군산에서 살 때는 성냥공장에도 다니고, 빵 공장에도 다니며 생계를 도왔다. 퇴근할 때는 늘 우리 동생들에게 줄 빵을 챙겨 들고 왔다. 언니 덕분에 힘든 피난살이도 견딜 만했다. 부산에 도착해서 피난살이 할 때도 언니는 공부하면서 장사도 하고 뜨개질도 하며 하루하루를 바쁘고 힘들게 살았다. 억수같이 비 오는 여름날에도, 춥고 눈 내리는 겨울날에도 뜨개질감을 받아 들고 송도에서 영주동 집까지 걸어왔다. 언니가 뜨개질감을 받아오면 어머니와 언니와 나는 열심히 뜨개질을 했고, 뜨개질을 다해서 갖다 주면 돈을 벌 수 있었다. 언니는 늘 검은색 치마에 흰색 저고리를 입었는데 추운 겨울날이면 뜨개질감을 들고 집에 들어설 때 언니의 검정 치마에 하얀 눈이 꽁꽁 얼어붙어 있었다.

그렇게 힘들게 살림을 꾸려가다 보니 언니는 결국 나와 오빠를 밥걱정도 없고 공부도 할 수 있다는 고아원에 보내기로 했다. 집에서 힘들게 사는 것보다 고아원으로 보내는 것이 좋다고 생각한 것이다. 고아원으로 가는 날 언니는 나를 목욕도 시켜주고, 분홍색 치마저고리도 입혀주었다. 마지막으로 돈도 몇 장 손에 쥐어주고, 다른 손엔 오징어도 먹으라고 쥐어주었다. 무섭고 가기 싫었지만, 오빠랑 나는 언니를 따라 고아원으로 갔다. 고아원에 들어가서 언니가 떠나자마자 나는 입에 물고 있던 오징어까지 아이들에게 다 뺏기고 엉엉 울었다. 그날 이후 나는 고아원에서 살았지만, 아이들과 어울리지도 못하고 늘 구석에 혼자 있었다. 아이들이 너무 무서워 함께 놀지도 못했다. 고아원에서 나눠 준 찐쌀을 운동장 구석에 서서 먹으며 죽을 먹어도 엄마랑 같이 살면 얼마나 좋을까 생각했다.

그런데 어느 날 고아원에 어떤 트럭이 오고 오빠가 트럭에 실려 갔다. 남자아이들만 골라 트럭에 태웠는데 오빠는 영문도 모르고 실려 가다가 아이들을 저 멀리 돌아올 수 없는 섬으로 보낸다는 말을 들었단다. 그 말을 듣고 오빠는 '큰일이다. 가족과 헤어지겠다.' 싶어 트럭에서 뛰어내려 괴정에서 송도까지 엄마를 찾아 뛰어갔단다. 그리고 엄마를 만나 경애를 빨리 데리고 오지 않으면 고아원에서 멀리 보낸다고 알려주었단다. 엄마는 그 말을 듣자마자 시장바구니를 든 채 급하게 고아원까지 뛰어왔다. 고아원에서는 큰 언니들이 어린아이들이 도망을 못 치게 늘 지키고 있었는데[13] 그날 나는 멀리서 엄마가 뛰어오는 걸 보고 미친 듯이 엄마에게 뛰어갔다. "엄마, 엄마" 울면

_____

13) 당시 고아원은 교회나 미군, 구호단체의 지원을 받아 운영해서 가난한 사람들에게 돈벌이 수단이 되기도 했다. 아이들이 도망가면 돈을 받을 수 없기 때문에 고아원에 들어 온 아이들은 도망가지 못하게 감시를 하기도 했다

서 엄마에게 달려가자 언니들이 나를 보고 소리를 치며 마구 쫓아왔다. "저 가시네 잡아라!" 엄마는 엉엉 울며 뛰어오는 나를 안심 시키고 사무실로 급히 들어가서 이야기를 하고 나를 고아원에서 데리고 나왔다. 그때 오빠가 트럭에서 뛰어내려 엄마에게 달려가지 않았으면 오빠랑 나는 우리 가족과 영영 헤어졌을 것이다.

그 후에 우리 가족은 모두 대청동 산동네 판자집으로 와서 살게 되었고, 언니는 주간에는 유치원 선생님을 하고, 야간에는 야간 학교 선생님을 하며 돈을 벌었다. 언니는 화낼 줄도 모르는 좋은 사람이라 주위 사람들이 모두 좋아했다. 야간 학교 선생님들 사이에도 인기가 많았는데 야간 학교에서 만난 최선생이 언니가 좋다고 자꾸 우리 집에 찾아왔다. 최선생은 언니가 좋으니까 우리 집에 오면서 동생들에게 먹을 걸 사다 주었다. 나는 최선생이 맛있는 걸 사다 주어도 별로 안 좋았다. 언니를 좋아하는 야간 학교 선생님 중에는 내가 좋아하는 선생님도 있었는데 나는 언니가 그 사람과 결혼하면 좋겠다고 생각했다. 언니를 뺏기는 것 같아 최선생이 자꾸 오는 게 싫었다. 그런데 결국, 언니는 그 최선생과 결혼을 했다.

언니의 첫아들 항범이는 참 영리하고 예뻤다. 만나는 사람마다 잘 생겼다, 똑똑하다 칭찬을 많이 했다. 너무 똑똑한 아이는 오래 못 산다더니 항범이는 5살 때 결핵균이 뇌로 들어가 뇌막염 판정을 받았다. 언니는 그때부터 유치원 선생을 그만두고 식음을 전폐하며 항범이만 돌봤다. 둘째 혜영이는 어머니가 대신 돌보고 언니와 형부는 항범이를 위해 최선을 다했다. 모두 항범이가 낫기를 간절히 기도했지만 항범이의 병세는 점점 나빠져 의식불명에 빠졌고 결국 하늘나라로 떠나고 말았다. 의학이 발달하여 지금과 같았다면 항범이가 나았을 텐데 그때는 이 병원 저 병원을 옮겨도 손을 쓸 방법이 없었다. 항범이가 가고 다음 해에 아들 항균이가 태어났다. 그리고 한참 늦게 막내

도 태어났다. 언니는 그 당시 '딸, 아들 구별 말고
둘만 낳아 잘 기르자.'라고 하는 '가족계획협회'에
서도 일을 했는데 언니가 셋째를 가져 아이를 낳
을 때까지 한복을 입고 다니며 아기 가진 것을 숨
기기도 했다. 그렇게 언니는 딸 둘에 아들 하나를
낳고 행복한 생활을 회복했다.

언니는 언제나 어머니에게 의지가 되는 듬직한
딸이었고, 우리 남매들에게는 좋은 언니이자 좋
은 누나였다. 어머니를 평생 모시고 살았고, 동생
들도 돌봐주었다. 아들 딸들에게도 언니는 한없
이 좋은 엄마였다. 언니가 돌아가시고 어느 누가
언니처럼 그렇게 사랑을 주고 갈 수 있을까 생각
했다. 언니를 생각하면 사랑받은 것밖에 생각나
는 게 없다.

나의 노래가 되어 준
순애 언니에게

순애 언니, 막내 은애입니다.
언니가 떠나신 지 벌써 일 년이 다 되어가네요.
언니를 추억하며 몇 자 적습니다.

내가 5살 때인가 6살 때 인가 크리스마스였어요.
우리 가족이 다니던 염광교회에서 크리스마스 예
배를 드렸던 기억이 나요.

성탄절 저녁 예배 중이었는데 캄캄하게 불을 끈 예배당에서 순애 언니가 천사같이 하얀 한복을 입고 촛불 하나를 손에 들고 무대로 나왔어요. "고요한 밤, 거룩한 밤"을 독창하며 걸어 나왔는데 언니의 목소리도 정말 천사 같았어요. 온 성도가 감탄하도록 아름다운 노래를 부르던 모습이 눈에 선해요.

국민학교 1학년 때였을 거예요.
따뜻한 봄날이었던 것 같네요.
기억나세요? 언니. 내가 다니던 학교가 순애 언니가 일하던 유치원 바로 위에 있었잖아요. 그래서 학교 수업이 끝나면 순애 언니를 만나러 유치원으로 자주 갔어요. 그날도 언니가 있는 유치원으로 천천히 혼자 걸어가고 있었는데 교문도 활짝 열려있었고, 유치원 교실 문도 활짝 열려있어서 누군가 "어서 오세요."하고 나를 반기는 것 같았어요. 그때 열린 유치원 교실에서 순애 언니의 피아노 소리가 은은하게 들려왔어요. '즐거운

농부'였어요. 나는 언니의 피아노 소리가 너무 좋아 끝까지 듣고 싶었어요. 그래서 언니가 있는 곳으로 바로 달려가지 않고 발소리를 낮추고 가만히 서서 피아노 소리를 들었어요. 피아노의 멜로디가 아무도 없는 학교 운동장에 울렸고 나에게 메아리처럼 들려왔어요. 그때 들은 언니의 피아노 소리가 지금도 내 마음에 있습니다.

어머니와 언니는 힘든 피난살이 중에도 나에게 멋진 유산을 남겨주셨어요. 바로 '음악'이에요. 대청동 산동네, 가난한 사람들이 다닥다닥 모여 살던 그곳에서도 우리 가족은 정말 행복했어요.
언니가 어디서 구해왔는지 모르겠지만 그 허물어져 가는 집에도 오르간이 있었지요. 아주 이상한 소리가 나는 낡은 오르간이었지만 온 가족이 함께 모여 순애 언니가 치는 반주에 맞춰 '즐거운 곳에서는 날 오라 하여도 내 쉴 곳은 작은 집 내 집뿐 이리'를 목청껏 부를 때면 어떤 부잣집도 부럽지 않을 만큼 행복했답니다.

온 가족이 합창을 하며 행복했던 그 순간을 잊을 수가 없습니다. 가난했지만 음악 덕분에 행복한 어린 시절이었어요.

순애 언니,
정말 고마워요.

우리 가족 모두가 음악 속에 살게 해줘서 정말 고마워요.
나는 고향을 떠나 멀고 먼 이국땅에서 평생을 살았지만, 내가 어디에 있든지 고향을 떠올릴 수 있는 노래가 있어 외롭지 않았답니다. 의지할 곳 하나 없는 타국살이도 노래 덕분에 견딜 수 있었어요. 언니는 종종 멀리 있는 나에게 가족들의 목소리와 노래를 테이프 레코더에 녹음해서 보내주셨잖아요. 녹음기 속에서 들려오는 어머니와 언니의 노래, 가족들의 기도 소리는 나를 힘나게 하는 약이었어요.

순애 언니,
이제 슬픔도 고생도 없는 천국에서 언니가 좋아
하는 노래 많이 하면서 행복하세요. 다시 만날 때
까지 행복하게 저희 기다려 주세요.
사랑해요. 순애 언니.

엄마랑

엄마랑 음악회를 갔습니다. 언제나처럼 엄마는 가지 않겠다고 하셨지만, 집에서 가깝고 공연장이 아니라 교회라고 말씀드리니 마지못해 따라 나오셨습니다. 금난새님이 지휘하는 안산 시립합창단 공연이었어요. 마음을 울리는 아름다운 음악이 시작되자 엄마는 음악에 빠져들기 시작하셨어요. 전문 공연장이 아니라 아이들의 출입이 가능했고 그 때문에 곡이 끝날 때마다 웅성웅성 아이들의 방해가 있었지만 예쁜 우리 엄마는 두 귀에 손을 대고 음악에 집중하셨어요. 마치 딴 곳에 계신 분처럼 행복한 얼굴이셨어요.

'왜 진즉 이런 자리를 만들지 못했을까...' 후회했습니다. 돌아오는 길에 엄마께 말씀드렸어요. "엄마, 다음에도 또 와요." 엄마는 대뜸 "싫다야. 늙은이 구경시킬 일 있냐?" 하고 말씀하셨어요. 하여간 엄마는.... 언제나 나이 들어가는 자신의 모습이 보기 싫다 하십니다.

엄마랑 꽃밭에 갔습니다. 코스모스 축제를 한다고 해서 모시고 갔었어요. 마침 유치원 아이들이 소풍을 나와 있었습니다. 아이들 키만 한 갖가지 코스모스, 처음 보는 외래종 코스모스까지 있었어요. 코스모스 들판에서 기분 좋게 놀다 보니 아이들이 꽃인지, 꽃이 아이들인지 아름다운 모습에 취했습니다. 그런데 그 속에 고운 꽃이 또 하나 있었어요. 아이들을 보고 활짝 웃는 우리 엄

마. 엄마랑 나는 함께 사진도 찍고 꽃도 보고 아이들도 보며 마음껏 행복했습니다.

엄마는 책을 참 좋아하셨어요. 재미있는 책을 읽고 나면 책 내용도 신나게 이야기하시며 즐거워하셨지요. 책 선물도 좋아하셔서 책을 읽고 나면 꼭 몇 권을 더 사 오라고 하셨어요. 그리고 그 책들을 꼭 주고 싶은 사람들에게 선물하셨어요. 나도 책을 읽고 나면 누군가가 생각나고 그분에게 책을 선물하고 싶어집니다. 엄마에게 배워서 그런가 봐요.

엄마께 성경 사전을 사다 드렸어요. 처음엔 뭘 이렇게 어려운 책을 사왔느냐고, 난 어려운 책을 싫어한다고 하셨는데 얼마 지나지 않아 그 책에 감탄하셨어요. 너무 재미있다고, 궁금했던 걸 다 말해준다고, 좋은 책이라고 기뻐하셨어요. 엄마랑 하는 책 이야기는 참 재미있었습니다.

교회 권사님들을 뵈었습니다. "혜영아, 너 예뻐졌다. 니 엄마 같아."라고 하십니다. 제 모습 속에서 엄마의 미소를 보시는 것이겠지요. 엄마를 향한 그리움 때문에 제 모습에서 엄마를 보시는 것이겠지요. 나도 엄마처럼 누구나에게 따뜻함이 되고 지혜가 되고 그리움이 되게 살아보려고 합니다.

나의 사랑, 나의 엄마

초등학교 고학년 무렵, 날이 제법 쌀쌀한 겨울날이었다. 엄마와 함께 시장에 갔다 돌아오는 길이었는데 집이 가까워진 골목길에서 남루한 차림의 어떤 아저씨가 나타났다. 그 아저씨는 비틀거리며 위태위태하게 걷다가 결국은 푹하고 쓰러지고 말았다. 어린 나는 알 수 없는 두려움에 휩싸여 엄마의 손을 꼭 잡았다. 하지만 엄마는 내 손을 가만히 놓고 장바구니를 던지고 달려가 그 아저씨의 상태를 확인했다. 그리고 아저씨를 흔들어 깨워 다시 길을 가게 했다. 골목길엔 사람이 많았지만, 누구 하나 아저씨에게 관심을 주는 사람이 없었는데, 엄마는 망설이지 않고 달려가 아저씨를 일으키신 것이다. 그 아저씨가 노숙자였는지, 대낮까지 취해 있던 취객이었는지 나는 끝까지 알지 못했다. 그저 어린 나로서는 더럽고 냄새나 보이는 아저씨에게 아무런 망설임 없이 달려간 엄마가 참 위대해 보였다. 그 장면은 마치 동화의 한 장면 같기도 하고 드라마나 다큐멘터리의 한 장면 같기도 했다. 참 멋진 엄마였다. 나는 아직도 그때의 엄마처럼 멋지고 용기 있는 사람이 될 자신이 없다. 엄마는 나에게도, 주위의 모든 이에게도 사랑이셨다.

알람 소리가 아무리 울려대도 일어나기 힘들었던 잠꾸러기 학창 시절, 나에게는 새벽잠을 깨우는 특별한 알람시계가 있었다. 매일 아침 일어나야

할 시간이 되면 꿈결인지 잠결인지 알 수 없는 순간, 엄마의 조곤조곤한 기도 소리가 귓전에 들려왔다. 그 소리가 나에게는 언제나 아침을 깨우는 알람 소리가 되었다.

엄마는 새벽 5시가 되면 거실에 앉아 성경책을 읽고 기도를 하셨다. 덕분에 나는 알람 소리에 깜짝 놀라 깨는 법 없이 천천히 잠에서 깰 수 있었다. 흐릿하게 들리던 엄마의 목소리가 점점 더 또렷하게 느껴질 때쯤 나는 이미 잠에서 벗어났다. 그래도 일어나기 싫을 때면 잠자리에서 뭉그적거리며 조그맣게 읊조리는 엄마의 기도를 훔쳐 듣곤 했다.

언제쯤 나에 대한 기도가 나올까 내심 기대하며 귀를 기울이기도 했다. 훔쳐 들은 엄마의 기도 덕분에 나는 늘 '오늘도 열심히 살아야겠구나.' 생각했다. 그렇게 엄마의 기도는 내 잠을 깨우고, 내 삶을 깨우고, 나를 지탱하는 기도가 되었다.

새벽밥 먹고 학교 가던 고3 때,

하루도 놓치지 않고 식탁에 따뜻한 밥을 차려 놓으시던 엄마,

밤늦게 집에 돌아올 때면 어김없이 버스 정류장에서 기다리시던 엄마,

시집가기 전날,

"미안하다. 막내야. 더 많이 안아줬어야 했는데, 더 많이 챙겨주고 싶었는데…"

하시던 엄마,

산후 조리할 때 지겹지 말라고 날마다 다른 맛의 미역국을 끓여주시던 엄마,

멀리 사는 내가 힘들까 봐 보고 싶은 맘 접으시며

"오지 마라. 길 막히고 힘들다. 이렇게 전화 통화하면 됐지 뭘." 하시던 엄마,

엄마 집을 다녀올 때면 주차장까지 꼭꼭 따라와 우시며

늘 "이번이 마지막 같다." 하시던 엄마

요양병원에서도 자꾸만 흐려지는 기억을 붙잡으시며 "예건이는 언제 제대하니?"

"예원이는 공부 잘하고 있지?"
손자 손녀의 안부를 물어오시던 엄마.

오직 자식 걱정뿐이시던 우리 엄마

다시 볼 수 없는 엄마가 나는 오늘도 너무 그립
다.

나의 할머니

할머니 댁은 언제나 따뜻한 햇볕이 비추고 있었어요.

눈만 마주쳐도 웃어주시던 할머니 얼굴 같은 동그란 유리창에서 환한 햇살이 거실로 들어왔어요.

그 거실 소파에서 할머니 옆에 앉아 뜨개질을 처음 배웠습니다.

세 줄 뜨고는 "할머니 이거 보세요. 예쁘죠."
라고 하면
내가 뜬 목도리를 손으로 잡고
한 땀 한 땀 살펴보시며
"오, 예쁘게 잘했네." 칭찬해주셨어요.
그 소파에서 할머니께
종이배 접는 법도 배웠어요.
사탕 바구니 접는 법도 배웠지요
할머니랑 이렇게 놀면 시간 가는 줄 몰랐어요.

부전동 살 때였나 봐요. 할머니 댁 옥상에서 사촌
동생이랑 뛰어놀다가 버려진 간판의 튀어나온 철
사에 허벅지가 찔린 적이 있었어요.
피가 줄줄줄 너무 많이 나왔어요.
그렇게 많은 피를 보는 건 처음이었어요.
나도 너무 놀랐지만,
할머니도 정말 놀라셨나 봐요.
"은수야 괜찮다 괜찮다." 하시면서도
"피가 왜 이렇게 많이 나오니 그래도 괜찮다 괜찮

다.” 하셨어요.
자꾸 자꾸 괜찮다 괜찮다 하시니
울다가 울다가 정말 괜찮은 것 같아
울음이 멎었습니다.
“괜찮다. 괜찮다.”
할머니의 괜찮다를 기억할게요.
괜찮다 괜찮다 하면 뭐든 괜찮아질 거예요.

토요일 밤 가족 모임이 있을 때면
나는 꼭 할머니 댁에서 자고 간다고 엄마 아빠를
졸랐습니다.
동생도 엄마 아빠와 집으로 돌아가고
할머니 댁에는 나만 혼자 남게 되지만
그래도 소풍 온 것 같이 신이 났습니다.
“엄마, 아빠. 안뇽~~~” 하고
할머니랑 이불 속으로 쏙 들어갔습니다.
“으챠” 하고 이불을 덮고 누우면
할머니는 이불 속에서 내 손을 꼭 잡으시고
“보들보들 통통한 게 딱 할머니 젊었을 때 손같이

이쁘다." 하셨습니다.

"손가락이 길죽길죽하니 피아노 치기에도 딱이
다."하며 예뻐해 주셨어요.

할머니랑 함께 들어간 이불 속은 참 따뜻했어요.
할머니 댁에서 자는 날이면
자기 전에 할머니께 꼭 부탁을 했습니다.
"할머니, 나도 할아버지랑 할머니랑
가정 예배드릴 거니까 새벽에 꼭 깨워주세요!"
그러면 할머니는
"새벽에 피곤할 텐데 그냥 자도 돼." 하시고
나는 또 "그래도 꼭 깨워주세요." 했었습니다.
새벽 5시가 되면 할아버지랑 할머니는 어김없이
일어나 예배를 드렸습니다.
아무리 피곤해도 나는 그 시간이 참 좋았습니다.
예배를 드리고 다시 잠이 들어도
할아버지 할머니랑 함께 말씀 보는 시간은
천국 같았습니다.
좋아하는 찬양을 하고 돌아가면서 말씀을 읽으면

하나님이 꼭 우리 옆에 계신 것 같았거든요.
어떤 날은 할머니가 깨워주셔서
눈을 반쯤 감고라도 같이 예배를 드리고
또 어떤 날은 아침 밥상 차리는 소리에 일어나
할머니께 투덜댔습니다.
"할머니 왜 나 안 깨웠어요?" 하면
"너무 잘 자서 못 깨우겠더라." 하시며
웃으셨어요.
모두 행복한 순간이었어요.

주일 예배가 끝나면 언제나
할머니 계시는 권사실로 쪼르르 달려가
할머니들 틈에서 우리 할머니를 찾았습니다.
다른 할머니들이 "전 권사요, 손주 왔네." 하시면
할머니는 나를 보자마자 환하게 웃으시며
가방에서 사탕을 줄줄이 꺼내셨어요.
땅콩 맛 캐라멜, 일제 소금사탕, 흑사탕.......
계피 사탕은 매우니 안 된다고 하셨어요.
두 주먹 가득 주시고도 또 꺼내셨습니다.

"할머니 됐어요. 그만. 이제 손 없어요."
하고 말하면
"그거 주머니에 넣고 용돈 받아라." 하셨습니다.
주머니에 사탕을 꾹꾹 넣고 용돈을 받자마자
"우왕~ 할머니 사랑해요."하고 뽀뽀를 쪽 하면
"사탕보다 이게 더 좋지?" 하고
또 활짝 웃어주셨습니다.

가족들과 함께 할머니 댁에 갔다 오는 날이면
아빠는 항상 나에게 할머니께 전화하라고
말씀하셨습니다.
"할머니, 집에 잘 도착했어요."
"그래, 전화해줘서 고맙다. 사랑한다."
"나도 할머니 사랑해요. 안녕히 주무세요."
우리 할머니는 사랑한다는 표현도 참 잘해주시는
분이셨습니다.

할머니, 할머니의 맏손녀 은수는 할머니처럼
살겠습니다.
많이 많이 사랑하면서요.

보고 싶은 할머니께

할머니, 할머니의 외손녀 예원이에요.
보고 싶은 할머니를 생각하며
할머니를 불러봅니다.
할머니, 우리 할머니.

아직도 할머니 생각을 하면 눈물이 납니다. 할머
니 많이 보고 싶어요. 저는 막내라 할아버지가 돌

아가시고 할아버지에 대한 기억이 많지 않아 늘 속상했어요. 가족들이 할아버지 이야기를 할 때 면 나는 늘 모르는 이야기였으니까요. 그래서 할머니랑은 꼭 기분 좋은 추억을 많이 만들겠다고 결심했었어요. 명절날 할머니 댁에 가서 언니들이랑 같이 나가 놀지도 않고 할머니랑 수다 떤 것 기억나세요? 할머니랑 함께 있는 시간이 너무 짧아 조금이라도 더 추억을 만들고 싶어서 그랬답니다. 우리 가족은 할머니와 먼 곳에 살고, 자주 찾아뵙지도 못하고 또 금방 집으로 와야 했으니까요. 할머니 댁에 가는 날이면 엄마랑 나랑은 늘 할머니와 조금이라도 시간을 더 보내려면 어떻게 해야 하나 고민했답니다.

우리가 할머니 댁에 가는 날이면 할머니는 늘 늦게까지 주무시지 않고 기다리고 계셨지요. 긴 시간 차를 타고 가서 피곤했지만 할머니 댁 문을 열면 피곤이 금방 달아났어요. 할머니가 "왔냐?" 하고 반기며 안아주실 때 할머니 냄새가 났거든요.

저는 그 냄새가 참 좋았어요. 할머니 냄새는 나에게 편안함을 주는 향기였어요. 세상 어디에서도 맡을 수 없는 따뜻하고 그리운 향이요. 편한 옷으로 갈아입으라고 주신 할머니 서랍장의 옷에서도 할머니 냄새가 났어요. 그래서 그 옷으로 갈아입으면 금방 잠이 솔솔 왔답니다.

할머니 장롱은 저에게 신기한 보물창고였어요. 우리 가족이 할머니 집에 간다고 하면 며칠 전부터 시장에 나가 이것저것을 사다 놓으시고, 장롱 깊숙이 숨겨놓으셨잖아요. 할머니가 장롱 앞에 앉아 이것저것을 꺼내놓으실 때면 어디서 자꾸자꾸 나오는지 정말 신기했답니다. 이 구석, 저 구석에서 줄줄이 나오는 것들은 주로 저에게 주실 간식거리들이었어요. 가까이 사는 손주들은 늘 챙겨줄 수 있지만, 우리 막내는 못 챙겨준다고 하시면서 장롱 앞에 앉아 줄줄이 꺼내주셨잖아요. 사탕이니 과자니 초콜릿이니 계속 꺼내주시며 언니들 오기 전에 가방에 넣으라고 꾹꾹 내 가방에

꼽고 또 꼽아주셨어요. 이건 어디서 샀고, 저건 또 어디서 사다 놓았다 하시면서요. 참! 할머니는 커피 사탕 한 봉지도 잊지 않고 항상 챙겨주셨어요. "그건 니꺼 아니야. 아빠 갖다 드려라. 운전하다 졸지 않게." '할머니가 우리 아빠도 정말 사랑하시는구나.' 느껴지는 순간이었어요.

할머니, 할머니랑 손잡고 떡집 가던 일도 생각나요. 할머니도 기억하시죠? 항상 제가 좋아하는 꿀떡이랑 아빠가 좋아하는 콩시루떡 사서 왔던 거요. 떡집 할머니가 제가 인사 잘한다고 칭찬해 주시면 할머니는 뿌듯해하시며 내 머리를 쓰다듬어 주셨어요. 떡집 갔다 올 때면 과일 집도 빼먹지 않고 갔었어요. 뭐 먹고 싶냐고 물으시면서 뭐든지 아끼지 않고 사주셨지요.

명절에 음식을 다하고 나면 할머니랑 엄마랑 저랑 거실에 누워 수다도 떨었었죠. 내가 할머니랑 엄마 가운데 누워 할머니 가슴을 살짝 만진 것도 생각나요. 할머니는 깜짝 놀라며 까르르 웃으셨어요. 저는 할머니랑 그렇게 격 없이 노는 게 정말 좋았어요. 할머니께 제 남사친 사진들을 보여드리면 이놈은 이렇고 저놈은 저렇다 이놈은 좀 괜찮아 보인다 하며 깔깔 웃기도 했어요. 할머니가 꼭 괜찮은 놈 데리고 와서 허락 맡으라고 하셨는데 이제 그럴 수가 없네요.

할머니, 저 간호사란 꿈을 갖게 된 것도 할머니 덕분이었어요. 아프신 할머니를 보며 아무것도 할 수 없다는 것이 속상했거든요. 할머니가 먹는 약이 뭔지, 할머니가 받는 치료가 뭔지, 그런 것이라도 알고 싶었어요. 제가 간호사가 되어 할머니 보살펴드리기로 약속했는데, 할머니 계신 병원에 갈 때까지 기다려 주시기로 했는데, 조금만 더 기다리시면 되는데, 할머니 약속 못 지키셨어요. 그래서 저 마음이 너무 아파요.

할머니, 할머니가 아팠던 동안 자주 찾아뵙지 못

해 정말 속상했어요. 할머니 떠나시는 순간에 제 얼굴 보여드리지 못하고 손잡아 드리지 못한 것도 정말 속상했어요. 할머니께 달려가고 있었는데, 얼른 가서 얼굴 보여드리려고 했었는데.....

이런 일 저런 일 후회스러운 일이 많지만, 할머니는 저에게 좋은 기억만 남겨주셨답니다. 할머니가 주신 사랑 오래 기억하면서 가족들과, 많은 사람들과 나누면서 살겠습니다. 지켜봐 주세요. 사랑해요. 할머니.

3부

간병일기

전화벨 소리에 심장이 털컥거렸습니다.
떨리는 손으로 전화를 받고는
무슨 일인지 물어보기도 무서워
가만히 듣곤 했습니다.
엄마 곁에 있는 언니에게 미안하고
엄마 곁에 있는 언니에게 고맙고
엄마 곁에 있는 언니가 부럽기도 했습니다.
나도 매일 같이 엄마 손을 꼭 잡고 싶었습니다.

엄마가 아파요

2018.06.01

엄마는 이제 혼자 식사를 챙겨 드시는 것도 힘들고 약을 챙겨 드시는 것도 힘들어요. 약을 드셨는지 안 드셨는지, 어떤 약을 언제 드셔야 하는지 기억을 못하서요. 그런 적이 없었는데.... 텔레비전이 안 나오고 불도 켜지지 않는대요. 모든 게

정상인데 모든 게 엉망이라고 하셔요. 내 마음도
엉망이 되었어요.

엄마는 마음이 아주 불안하고 저녁이 되면 심장
이 마구 뛰고 춥고 떨린다고 하시며 안절부절못
하십니다. 그러면 저를 찾으셔요. 제가 아무것도
할 수 없는데 말입니다. 마음의 병인 것 같아 안
정제를 드렸습니다. 가슴이 많이 뛰면 반 알만 드
시라고 했지만, 자꾸 드실까 봐 걱정입니다. 약을
몇 번 드셨는지 몇 알 드셨는지 기억을 못 하셔
요.

소화도 잘 안 되고 많이 떨리고 힘을 못 쓰셔요.
안정제 때문일까요? 식사를 못 하셔서 기력이 떨
어져 그런 걸까요? 우리 동네 내과 선생님, 엄마
의 주치의 송차성 선생님이 오셔서 주사를 주셨
어요. 덕분에 식사도 하시고 기분이 좋아지셨네
요. 참 고마운 분입니다.

새벽에 전화가 왔어요. 욕실에서 넘어지셨어요.
옷도 입지 못하고 욕실에 누워계신 엄마를 보니

화가 났습니다. 밤에 움직이지 말라고 했는데 일어나고.... 엄마가 나를 힘들게 한다고 생각했습니다.

2018.06.19.

엄마가 병원에 입원하셨습니다.

가슴이 많이 뛰고 힘드니 검사를 받아보자고 했습니다. 사실은 엄마가 혼자 계시기 힘들 것 같아, 내가 지금처럼 계속 간병하기는 힘들 것 같아, 병원에서 생활하며 엄마가 적응하시길 바라는 마음이 있었습니다.

치매 검사도 했습니다. 뇌 사진도 찍구요. 엄마는 치매가 이미 상당히 진행되었대요. 게다가 전두엽에 아기 주먹만한 수종이 있다고 합니다. 그래서 감정을 조절하고 상황을 판단하는 능력이 떨어졌던 거예요. 아픈 엄마에게 나는 화가 났어요. 엄마, 미안해요. 미안해요.

엄마는 이제 그렇게 좋아하던 책을 읽는 일도 힘

들어지셨어요. 텔레비전을 보는 일도 힘들어졌어요. 의사 선생님은 이제 혼자 생활하시기 힘드시다고 합니다. 혼자 계시기 힘들다는 결정... 사실 병원에 온 이유가 이것이었는데도 나는 한 번도 엄마를 요양 병원에 모셔야 한다고 생각해본 적이 없는 것처럼 마음이 상하고 어찌할 바를 모르겠습니다. 마음이 너무 아파요.

2018.06.22.

엄마는 이제 잠도 잘 주무시고 가슴도 안 뛴다고 합니다. 괜한 고생을 하시게 했나 봅니다. 진즉에 병원에 왔어야 했어요. 그런데 움직이려고 하시질 않아요. 걷지 못하고 이제 그냥 이렇게 계속 누워만 계실까 봐 걱정되고 두렵습니다. 아직 기력이 회복되지 않아서일까요? 어떻게 해야 할까요? 결정해야 합니다. 퇴원을 해야 할 시간이 되었고, 엄마는 혼자 계실 자신이 없으신데 요양 병원엔 가기 싫으시대요. 내 마음도 그렇습니다.

2018.07.10

이제 엄마가 요양 병원에 가시겠다고 합니다.
가시기 싫지만, 딸을 위해서 그렇게 결정하셨겠
지요. 알아요. 엄마. 엄마 미안해요.
어젯밤에 하나님께 기도했었습니다. "엄마가 결
심하게 해주세요."
하지만 다시 "모르겠습니다. 하나님. 이끄시는 대
로 할게요."라고 기도도 했습니다.
그런데 엄마가 병원에 가자고 하십니다. 마음이
아파요.

2018.07.17.

엄마가 요양 병원에 입원하셨습니다. 여기에선
예배도 드릴 수 있으니까, 다른 친구분들이 있어
서 낮에 얘기도 나눌 수 있으니까, 재활 프로그램
도 있고, 아프면 의사도 있으니까, 밤에 불안하지
않으니까..... 자꾸자꾸 여기 계셔야 하는 이유를

찾아봅니다.

엄마가 혼자 화장실에 가실 수 있게 낮은 침대를 달라고 했습니다. 덕분에 낮에 혼자 내려오시고 화장실도 가셨대요. 하지만 엄마는 또 불안해 안절부절못하십니다. 그래서 나는 또 엄마에게로 달려왔습니다. 발이 떨어지지 않는데 9시 이후에는 가족들이 있을 수 없다고 하네요. 고맙기도 하고 맘이 아프기도 합니다. 엄마는 퇴근길 늦은 시간에 찾아온 내 얼굴을 보시고야 이제 마음이 놓인다고 하십니다. 오늘 밤 엄마의 잠자리가 편안했으면 좋겠습니다. 꼭 그랬으면 좋겠습니다.

2018.07.20.

엄마가 침대에서 떨어지셨어요. 잘 보살펴 주겠다고 약속했는데 혼자 화장실에 가시다가 넘어지셨대요. 집에서와 똑같은 상황이 벌어졌어요. 화가 나고 속이 상합니다. 가슴이 터질 것 같습니다. 척추 성형 시술을 한다고 합니다. 그러면 금방 일어나 앉으실 수 있다고 합니다. 그래도 속상한 마음이 멈추어지지 않습니다.

2018.08.12.

엄마가 자꾸 약해지십니다. 식사만 잘하시고 체력을 회복하시면 전처럼 걷기도 하고 책도 읽으시고 행복하게 잘 해내실 줄 알았는데 양치질도, 식사도, 일상의 모든 일이 힘들어집니다. 분명 엄마가 내 옆에 계시는데 엄마가 자꾸 떠나려는 것 같습니다.

2018.10.13.

엄마는 잘 계셔요. 좀 답답해하시기는 하지만 그럭저럭 잘 적응해 나가시는 것 같습니다. 도수 치료를 시작했는데 엄마가 영 의지를 안 가지셔요. 화장실 가실 만큼만 회복하면 좋겠는데 그것도 어려울 것 같아요.

2018.11.12.

남동생이 고생이 많아요. 병원에 올 때마다 엄마를 휠체어에 태워 외출합니다. 이제 그러지 않으면 종일 누워만 계십니다. 그럼 자꾸자꾸 이상한 생각만 하시겠지요. 걱정이 많아지고, 지금 이 시간이 빨리 끝나기를 기도하시겠지요. 자꾸 슬퍼집니다.

종일 천장만 보고 계신 엄마 때문에 속상합니다. 종일 시계를 보고 계시지만 이제 엄마에겐 그 시간이 의미가 없습니다. 퇴근 후 엄마를 뵐 때마다 "혜영아, 지금이 아침이냐? 저녁이냐?" 하고 물으십니다. 그래도 전처럼 꽃달력과 시계를 좋아하십니다. 성묵이가 만들어드린 기도문도요. 누가 기도문에 대해 물으면 신이 나서 설명하십니다. 손주가 만들어주었다고요. 퇴근 후 엄마에게 들르면 일어나 침대에 앉으시게 하고 주변을 돌아보게 합니다. 옆에 계신 분들과 인사도 하라고 합니다. 엄마도 다른 분들처럼 얘기도 하시고 과

자도 나눠 드시고 그랬으면 좋겠습니다.

문병 온 손님이 사 온 카라멜은 감추어 두고 간호사들도 주고 간병인들도 주고 같은 방에 환자들에게도 조금씩 나누어 주십니다. 한 개씩 두 개씩이요. 그러지 말고 한 통씩 드리라고 하니 "내가 알아서 해."하십니다.

2019.07.01

엄마가 폐렴이라고 합니다. 감기가 조금 오래가긴 했지만 기침도 심하지 않고 열도 별로 없었는데 식사도 잘 못하신다고 합니다. 저는 대수롭지 않게 말했습니다.

"집에서도 늘 그러셨어요. 여기서 비정상적으로 많이 드신 거예요."

기운이 좀 없고 밥맛도 좀 없어도 전처럼 주사 맞고 하면 다시 회복하실 거라고 생각했습니다. 내 마음이 엄마가 아프신 걸 받아들일 수 없었나 봐요. 의사 선생님께서 영양 공급을 위해 튜브 삽입을 하는 게 좋겠다고 말씀하셨습니다. 큰 병원으로 옮기는 것도 생각해보라 하십니다. 엄마가 싫어하실 것 같아요. 저도 너무 싫어요. 엄마가 식사를 못하시고 누워서 그저 튜브로 영양을 공급하게 된다는 생각만 해도 마음이 너무 아파요. 그런데 엄마도 저에게 밥을 못 먹겠다고 하십니다. 불안한 마음을 감추고 엄마에게도 말했습니다.

"엄마 원래 그렇잖아. 원래 자주 밥맛 없어지고 그랬잖아. 그러다 맛난 것, 입에 맞는 것 드시면 좋아졌잖아. 맛있는 것 먹으면 전처럼 좋아질 거야."

내게 중요한 일이 있어 그 일만 마치고 며칠 엄마랑 맛난 것 먹고 재미나게 얘기하고 놀아야지, 그러면 다시 좋아지실 거야. 다음 주엔 꼭 그렇게 해야지 그렇게 생각했습니다.

엄마는 가려움증도 너무 심해져서 자꾸 긁으셔요. 너무 긁어 피부가 엉망이 되었어요. 보습제를 이것저것 발라 드렸었는데도 쉽게 낫지 않네요. 조금씩 좋아지는 것 같긴 한데 딱지가 앉고 빨갛게 열 오른 엄마 피부를 보니 너무 안쓰러워요.

2019.07.15.

엄마를 집중치료실로 옮겼습니다. 가슴이 두근두 근합니다. 식사도 어렵다고 합니다. 그래도 며칠 주사 맞으면 괜찮아질 거라고 내 마음대로 내 마음을 위로합니다.

2019.07.23.

엄마가 말씀을 못 하셔요. 괜찮아지실 줄 알았는데 산소 포화도가 낮아 산소 공급을 합니다. 어쩌면 좋지요? 의사 선생님께 지금이라도 튜브 영양 공급을 하면 어떻겠냐고 여쭈어보았습니다. 그럴 단계가 아니라고 하십니다. 내가 내 일이 너무 바빠 내 시계로 엄마를 봤었나 봅니다. 엄마의 시계가 너무 많이 흘렀습니다. 멀리 사는 막내에게 다녀가라고 했습니다. 이모에게도 연락을 했습니다.

2019.07.26.

오늘도 엄마는 아무 말도 하지 않으십니다. 계속 주무시는 것 같아요. 괴로워 보이지는 않습니다. 오후에 면접이 있어요. 엄마가 잠드셨으니까 얼른 다녀와야겠다고 결정했습니다. 발길이, 제 눈이, 제 마음이 떨어지지 않지만 주무시니까 다녀와도 될 거라고 말해봅니다. 엄마 귀에 대고 "엄마 얼른 다녀올게요."라고 말하고 학교로 향했습니다.

일을 마치고 엄마에게로 달려갑니다. 남동생이 엄마와 함께 있다가 집으로 간다고 전화가 왔어요. 지금 가고 있으니 걱정하지 말라고 했습니다.

엄마는 아무 말씀도 없으셨어요. 그냥 평소에 주무시듯이 그렇게 누워 계셨어요. 나는 의미 없이 기계의 숫자들만 바라보았습니다. 갑자기 기계의 숫자가 바뀌었어요. 심박수가 눈에 띄게 떨어졌습니다. 간호사를 불렀습니다. 엄마는 그냥 그렇게 주무시듯이 가셨습니다. 작별 인사도 없이 .... 제가 숫자만 바라보다 엄마의 인사를 놓친 건 아닐까요? 엄마는 제 손을 꼭 잡은 채 그렇게 하늘 아버지 곁으로 가셨습니다.

너무 예쁜 우리 엄마.
정말 고운 마음을 가진 우리 엄마.
누구에게나 예쁜 웃음으로 기억되는 우리 엄마.
어떤 것도 너무 욕심내지 않은 우리 엄마.
언제나 옆에 사람을 불편하게 하지 않을
부드러운 결정을 하도록 조언해 주시던 지혜로운 우리엄마.

내 엄마입니다.

병상의 어머니

퇴근길 집이 아닌 병원으로 간다.

병상의 어머니는 자꾸만 약해져 가고 들어서는 기척에도 눈을 뜨지 않으신다.

뒤척이는 모습을 보면 깊이 잠드신 것 같지는 않은데...

'골~골~ 새근새근...'

그리 오래전도 아닌 것 같은데, 그때는 코 고는

소리가 제법 힘찼었는데,
지금은 아이처럼 새근새근 소리가 난다.
잠든 모습이 아이가 잠든 것처럼 편안해 보인다.
모근 아래쪽에서 까맣게 자라는 어머니의 검은
머리카락을 보며 어머니가 살아오신 세월을 생각
한다.
긴 세월 아픔과 어려움,
감당할 수 없을 것 같았던 시간들.
행복, 기쁨, 감사, 감동, 사랑하는 사람들,
그리움 속에 묻어둔 사랑했던 사람들.
그 모든 것들, 그 많은 사연들.

그 많은 사연의 세월을 지나 몸도 마음도 너무나
여리어진 우리 어머니.
저만치 다가온 삶의 끄트머리를 바라보는 어머니
의 마음은 어떤 것일까?
우리는 이제 얼마나 더 어머니와 가슴 속 이야기
를 하며 사랑하며 웃고, 부둥켜안고, 부비며 삶을
나눌 수 있을까?

옆 침상의 아주머니가 지나가시며 건네는 말에
어머니는 자랑처럼 대답하신다.
"내가 제일 행복한 사람이에요"
목이 메고 울컥 치솟는 울음을 삼킨다.
"엄마, 고마워요. 엄마 사랑해요."

공동병실의 티비 소리는 이제
어머니의 단잠을 방해하지 못한다.
어머니는 이제
병원 침대 위에서
남은 생의
정직하고 성실하고 사랑 넘치는 마무리를 하시며
삶과 치열하게 싸우고 계신다.

어머니 만나러 가는 길에

일상,
일상이 그립다.
힘에 겨워 버둥댄다.
일상으로 돌아가고 싶은 내 마음은
지금의 시간이 힘들고 불편해서일까,
그저 익숙함 속에만 안주하려는 나의 나약함 때
문일까?

무너진 어머니의 일상 앞에
모두 일상의 무너짐을 경험한다.
여리디 여려 엄마 곁에서 힘들어하는 내 사랑하
는 누이와
멀리 있어 더 속이 타는 사랑하는 누이동생
모두가 돌아가고 싶어 하는 일상은 어떤 것일까?
어머니.
내 어머니가 돌아가고 싶은 일상은 또 어떤 것일
까?
나는 그려볼 수조차 없다.
사랑, 열정, 희망...
줄 수 있는 것은 무엇이든 다 내어주신 어머니.
그 내어줌의 세월 속에
돌아가고 싶어 했던 일상은 어떤 것이었을까?

내가 그리워하는 것은
내가 돌아가고 싶은 것은
내 마음의 일상
몸은 돌아가도

돌아갈 수 없는
마음의 일상
어머니 일상이 그리워
나의 일상을 그리워한다.

내일이 입추라는데
100년 만의 더위는 식을 줄을 모른다.
불편하다.
마음은 더 불편하다.

다시 시작하다

사랑하는 나의 친구야. 고맙다.

너의 문자를 보고도 한참을 답하지 못한 것은 내가 많이 힘들어서였다.

엄마가 떠나시고 아무것도 하기 싫어지더구나. 지금도 많이 혼란스럽기는 마찬가지다. 엄마가 계시던 요양 병원에 감사 인사를 전하러 간다는 게 벌써 두 달이 지났는데 엊그제서야 다녀왔다.
바쁘기도 했지만 거기 가기가 힘들었었나 보다.
엄마랑 산책하던 공원에서 멍하니 혼자 앉아 있
다가 병원에 들어가 감사했던 분들에게 인사하고
엄마가 있던 병실에 들어갔다 나왔다 들어갔다
나왔다... 서너 번을 반복하다 나왔다. 그곳엔 이
미 엄마가 없는데 말이다. 그리곤 엄마랑 휠체어
타고 같이 다니던 병원 여기저기를 혼자 걸으며
줄줄 울면서 돌아다니다 왔다. 미친놈처럼...

누구랑 이야기하며 하소연할 사람이 없더구나.
어머니의 병실을 지키는 시간 동안 누구보다 담
담하고 씩씩하게 버텨왔던 나인데, 아내도 누나
도 동생도 이렇게 혼란스러워하는 내가 낯설겠
지.
네가 곁에 있으면 찾아가서 주절거렸을까? 내가
단단한 사람이라 생각했는데 이렇게 약한 사람이
었나 생각하게 된다. 불면증, 무기력, 지금의 나
는 나에게도 낯설다.

시간이 지나면 나아지겠지? 동생이 나보고 그러더라. 우울증 온다고. 그러지 말고 자꾸 움직이고, 다른 생각을 하라고. 그래서 나는 그냥 마음 가는 대로 내 감정을 놔두려 한다고 했다. 어머니를 잃은 상실감이 어디까지 가는지 내버려 둬 보려고.

그런데 내가 지금 이렇게 네게 연락을 하는 것은 어제 네가 보낸 문자를 읽고 많은 위로가 되었기 때문이다. 내가 많이 힘들어하니 섣부른 위로는 접고 아무 말 없이 기다려 주다가 시간이 흐르고 조심스레 안부를 묻는 네가 참 고마웠다.

친구야, 너는 참 좋은 성품을 가졌구나. 공허한 말로 애써 위로하지 않고 기다려 준 친구야 고맙다. 니가 보낸 문자 덕분에 나는 다시 '친구'에 대해 생각하며 신뢰, 사랑, 이런 귀한 것들을 떠올리게 되었다. 네 덕분에 나는 이렇게 생각지 않게 다시 회복이 되는구나.

고맙다. 너의 위로에 힘입어 나도 조금씩 나아질 거다.

그래, 그래야지. 그래야 또 살아갈 수 있지.

그리운 것은 그리운 대로 두고, 이제 나의 날을 살아가련다.

나는 엄마의 사랑스러운 아들이니까 말이다.

엄마, 안녕.

떠나실 때
못 했던 인사를
이제야 꺼냅니다.

그리고 다시 엄마를
여기에
담아냅니다.

이제 웃으며
엄마, 안녕.

경리과 오래 나온 어버이와 간부도 건강히 종교 계통에 좌우로 많이...
학교생활로 너무 행복했고 즐거웠으나 하여 반 공산군 넘기 않기
때문에 기숙사 생활에 ... 나식후생활에 많은 고생을 했다
보여주... 별로 건강이 좋았다 하여 반 ... 선봉자 과오를 안고
사는 심정은 즐거웠으나 노의 사람에는 ... 선생님으로 오/산에 나와서
... 이를 걸었다 지금 생각하니 나에게 ... 이 매우 ...
... 터라 한다

어제 밤(6-25) 꿈을 이었다. 어깨끝에 북쪽 소식에 해방되
었다고 기뻐 뛰었다 ... 인해 고향을 찾았다
... 공산군 치부에 대부에 종교인에 생활은 너무 ...
고향을 찾아 가려면 ... 간다 종교 선교 ... 하다고
공적 사상 수 없어 조사 한다 고향을 찾아가는 길목 바다 ...
... 종교계통에 참여하는 것을 많이 ... 길 볼 수
없다 ... 그간 우리 ... 하려고 했었다 ... 에 들어가서
... 하였다 ... 우리가 다시 학교로
... 했었다 ... 는 ...
... 나가보면 ...
... 다 되서 ... 친구와 ... 고향을 ...
친구를 부모와 형제를 보았더니 ... 와 ... 개 ...
하였다 ... 친구와 ... 에서 나여는 ...
... 위에서 ... 반에는 ... 공판에서 ...
어머니의 ... 소식에 ... ... 없다 (...)

오회 ... 오셨다.
어제 밤 갑작이 공산군이 남녀 청년을 잡아 간다 했다
... 청년 30여명이 ... 소로 밤에 조도 하는 심으로
... ... 되다 되자 ... 되자 하여
가... ... 하니 상가 적의 사인 감정이었다
... 빼가 오므라 ... 하여 가로 ... 환심을 받나

123

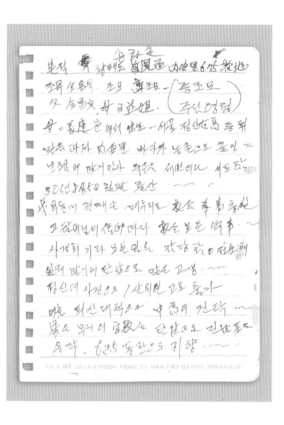

出生 金鍾元
祖父 金용묵 祖母 無標 ─ (증조모)
父 金용문 母 박금자 (주민 영천)

母는 豊基邑 에서 出生 ─ 서울 정신高 졸업
방을 따라 內重里 바라와 농촌으로 들어 그
······

30년 8월5日 결혼 ······

······ 교회 奉事 ······

······ 信仰 따라 ······

······

8월5일 동란으로 귀향 ──

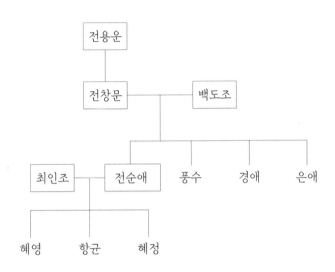

혜영   전순애   혜정   최인조   항균

순애

초판 1쇄 발행 2020년 5월 8일

엮은이 최혜정
펴낸이 최혜정
펴낸곳 도서출판 생애

일러스트 불밝힌작업실 권세나
편집기획 연기획
디자인 김태은
인쇄 (주)교학사

출판등록 2019년 9월 5일 제 377-2019-000077호
주소 수원시 팔달구 권광로 373
이메일 saengaebook@naver.com

ⓒ 최혜정 2020
ISBN 9791197026102